ŒUVRES POSTHUMES D'HORACE

ŒUVRES POSTHUMES

D'HORACE

TRADUCTION LIBRE

PAR LUI-MÊME

Nignorumque memor, dum licet, ignium.
Misce stultitiam consiliis brevem :
Dulce est desipere in Loco.

PARIS

IMPRIMERIE ET LITHOGRAPHIE RENOU ET MAULDE
144, RUE DE RIVOLI, 144

—

1869

Ma réputation, *puer*, est trop bien faite,
Garde-toi d'ajouter ces vers sur ma tablette.

RÉCIT D'HORACE

AU DINER DU MARDI-GRAS

POUR FAIRE SUITE AU VOYAGE A BRINDES

Victime de Neptune ou jouet du destin,
Quand jeté par les flots sur un lointain rivage,
Jadis un étranger s'asseyait au festin;
Homère nous l'apprend, c'était alors l'usage,
Qu'au dessert il contât en vers harmonieux,
Ses malheurs, ses exploits, la colère des Dieux.
Conticuere omnes, mais sans cesser de boire.
Je suis de ces temps-là. Sans trop en avoir l'air,
Tel que vous me voyez, j'arrive de l'Enfer;
Je suis classique en diable, — Ecoutez mon histoire.

Je me nomme *Quintus Horatius Flaccus,*
Natif de la cité de Vénose, en l'année
Six cent quatre-vingt-neuf, Manlius Torquatus
Étant alors consul. — Ce fut au Prytanée
D'Athènes que je fis mes études, avec
Le fils de Cicéron, qui demeura fruit sec,

Parce qu'il absorba du vin de Syracuse
Un peu plus qu'il ne faut qu'un bon jeune homme en use.

A la mort de César, j'embrassai ce parti
Qui ne plut pas aux Dieux, *sed victa Catoni.*
Quand nous eûmes perdu les deux grandes batailles
Où du monde à jamais périt la liberté,
On m'engagea beaucoup..... à m'ouvrir les entrailles.
J'attendis. — Je fis bien, car je fus invité,
Très-peu de temps après, à dîner chez Octave.
J'hésitais, — Mæcenas me prit alors à part :
« Tu ne peux, me dit-il, refuser à César ;
« Il a du bon, — d'abord, de son oncle la cave,
« Puis un certain licteur, à sa voix toujours prompt
« Des palmes du martyre à décorer un front.
« Faut pas se lamenter quand la guerre finie,
« Le vainqueur poliment à dîner vous convie?
« Combien, parmi tous ceux que moissonna la mort,
« Naguère à tes côtés, voudraient avoir ton sort?
« Sois logique, mon bon : à Philippes, que diantre,
« A quoi t'aurait servi de ménager ton ventre? »
Ainsi parla Mécène, et je jugeai prudent
D'accepter le dîner de mon gouvernement.

On m'a fort reproché, dans vos livres d'étude,
Cet excellent dîner... Comme une platitude.
On a parlé beaucoup... d'un certain bouclier...
Vain grief, qui sent trop son mauvais bachelier.
Il est toujours permis de tenir à la vie

Quand on est amoureux, et... j'adorais Lidie,
Et d'autres. —Pourquoi pas ! Dans un objet aimé,
Comme dans un cachot, faut-il vivre enfermé ?
Notre religion enseignait le contraire.
Vous savez, en effet, que Vénus à Cythère,
Paphos, partout enfin, dans ses temples fameux,
Sous des traits différents, se montrait à nos yeux.
Mais savez-vous pourquoi la charmante immortelle
Affectait en tous lieux une grâce nouvelle ?
Le savez-vous, censeurs graves et pudibonds,
Qui mutilez mes vers dans vos éditions?
Me direz-vous pourquoi, jadis, quand Praxitèle
Voulut faire à son tour un marbre digne d'elle,
Effrayé de sa tâche, — indécis, anxieux,
Au lieu d'une statue, il en composa deux :
L'une est la Vénus nue ; on la voyait à Cnide
Tordant ses cheveux d'or sur son épaule humide ;
Et l'autre est la Vénus pudique : un voile blanc
Irrite le désir en la dissimulant.
Toutes deux étaient sœurs, je l'ai dit : — mais laquelle
Rendait mieux, selon vous, le sublime modèle ?
Il faut être hardi pour oser faire un choix,
Ou sot comme Pâris. Au lieu d'offrir la pomme,
Il eût cent fois mieux fait de la couper en trois.
Mais ce n'était alors qu'un berger, un pauvre homme !
Il ne comprenait pas cette moralité :
Qu'il faut aimer le beau dans sa diversité ;
Il ne comprenait pas, qu'infidèle ou volage,
A la Reine des Dieux, c'est toujours rendre hommage.
Pour mes commentateurs, j'ajoute encor ceci :
Vénus, c'est l'idéal que l'artiste sans cesse
Veut étreindre, saisir, et reproduire aussi.
Dans chaque femme, il sait entrevoir la déesse

Sous un nouvel aspect... Et, Mesdames, comment,
Quand on sait si bien voir, ne pas aimer souvent !

Revenons à Lydie, elle était fort aimable,
Brune, avec des yeux bleus, jalouse comme un diable.
Elle garda la clef de mon cœur en tout temps ;
Mais j'en laissais la porte ouverte à deux battants,
Et mes vers annonçaient à Rome tout entière
Vos caprices charmants et vos noms, ô Néère,
Et toi pâle Clhoris, et toi blonde Chloé,
Glycère, Lalagé, Pyrra, Leuconoe.
J'étais célibataire. — Ah ! croyez bien, de grâce,
Que si j'avais été marié, par Horace,
...J'en aurais fait autant.

                    Pensez-vous donc, Gaulois,
Que pour être païens, nous fussions des bourgeois ?
Nul mot ne rendait même en notre beau langage
La chose que, chez vous, on appelle.. ménage.
Nous ignorions ce joug honteux. La liberté
Régnait dans nos amours comme dans la cité.
O douce liberté ! l'honneur du monde antique
Est de t'avoir comprise et su mettre en pratique.
Hortensius adorait la femme de Caton.
Hé bien ! un beau matin, il prend son parapluie,
Et va chez son ami le prier sans façon
De lui céder sa femme, objet de son envie.
Et Caton la céda. — Ce sénateur altier
Eût rougi de descendre au rôle de geôlier.

Et la preuve, Gaulois, que c'était grandeur d'âme,
C'est qu'Hortensius défunt, Caton reprit sa femme.
Lequel fut le plus grand, Hortensius ou Caton?
Admirable sujet de composition !

D'où nous venait, Gaulois, cette philosophie ?
Sinon des Dieux, objet de votre raillerie?
Ils nous garantissaient, ces Dieux si mal compris,
De tous les préjugés qui faussent vos esprits.
Que leur reprochez-vous? — Un peu trop d'indulgence.
Mais si l'homme est leur œuvre, en bonne conscience,
Est-ce que la justice, est-ce que l'équité,
Permettent à des Dieux tant de sévérité,
Surtout s'ils nous ont faits vraiment à leur image.
Pourquoi nous obliger à parfaire un ouvrage,
Qu'ils n'ont pas su mener à sa perfection?
Nos Dieux, sur tous ces points, entendaient la raison.
Ils accordaient sa part à l'humaine faiblesse.
Leur culte plein de grâce et de séduction,
Exhalait je ne sais quel parfum de jeunesse
Qui réjouit encor l'imagination.
On ne les voyait pas, bien que sérénissimes,
A toute heure poser, un attribut en main.
Ils n'appartient qu'aux sots d'être toujours sublimes,
Et de cette attitude on se lasse à la fin.
Jeunes, aimables, gais, ils venaient sur la terre
Faire de temps en temps l'école buissonnière,
Et ne dédaignaient pas de danser avec nous
Les soirs de bal masqué. Leur ardeur juvénile
Les trahissait toujours. Alors quels rires fous !
Et quels cancans joyeux, aux champs comme à la ville!

Bien loin de les blâmer, chacun s'interrogeant,
Se disait qu'à leur place il en ferait autant.
Que ne dansent-ils plus, dans le siècle où nous sommes
Le seigneur Jupiter vous ferait des grands hommes.
Puis, comptez-vous pour rien ces artistes fameux,
Qu'ils savaient inspirer, et de vos jours tous ceux
Qu'ils inspirent encor? Voyez votre Gérôme,
L'œuvre de Jalabert, douze, place Vendôme ;
Les portraits de Vidal, où semble encor flotter
L'écharpe de Vénus. Dois-je aussi vous citer
Lambert, ce compagnon joyeux. S'il a su plaire,
C'est parce qu'il a pris pour modèle.... Cerbère.
Et, depuis Phrygillus, qui, mieux que Moulignon,
A su représenter notre cher Cupidon,
Avec son teint rosé, son carquois sur l'épaule
Et ce fameux bandeau qui lui rend l'air si drôle?
Malgré ses yeux bandés, il y voyait très-clair;
Car, lorsqu'il était las de voltiger dans l'air,
C'était aux bons endroits, oh ! cécité cruelle,
Que toujours cet aveugle allait poser son aile.
De nos divinités, vous qui vous moquez tant,
Hé bien ! qu'avez-vous fait de cet aimable enfant?
Sans ailes, sans carquois, sans vermillon, l'œil terne.
Quel est son rôle, hélas ! dans le monde moderne?
Au foyer conjugal, comme un caniche.... il dort.
Ou rôde comme un loup dans l'ombre ou le remords,
De son bonheur troublé redoutant le scandale.
Ma foi, j'aime encor mieux l'Olympe et sa morale.
Vous n'êtes pas meilleurs ; nous étions plus heureux ;
Nous vivions dans la joie en honorant nos Dieux.
Nous avions le cœur pur, et chose indubitable,
Quand on a le cœur pur on est bien plus aimable.
Mais assez sur ce point. Je reprends mon discours.

Très-satisfait, au fond, d'avoir sauvé mes jours
Au prix d'un bon dîner, loin des choses publiques,
Je cultivai mon champ, et fis des vers classiques
Que l'on cite souvent, que l'on traduit beaucoup,
Auxquels monsieur Janin n'a rien compris du tout.
J'ai rimé plus d'une ode où j'ai dit que le sage
Impavidus, soumis aux arrêts du destin,
Doit se tenir toujours prêt à plier bagage,
Tout en cueillant des fleurs tout le long du chemin.
Mais lorsque j'entendis sonner ma dernière heure,
Ma foi, je l'avouerai, je n'étais pas content ;
Et j'aurais bien donné mon ode la meilleure
Pour pouvoir vivre encor un tout petit moment.

Inutiles regrets. Depuis deux mille années
J'habite un entresol dans les Champs-Élysées.
J'y dors tant que je peux, et lorsque j'ai dormi,
C'est bien simple, Gaulois, je baille, et c'est ainsi
Que se passe le temps. — Mais, direz-vous peut-être,
Il est dans les Enfers des morts bons à connaître.
Quoi de plus curieux, de plus intéressant
Que d'entendre causer Platon avec Homère ?
— Erreur. — Dans les Enfers on ne converse guère.
Ce qu'on aurait à dire, on l'a dit trop souvent.
Nicolet, quel que soit son génie oratoire,
Ne réunirait pas trois chats dans l'auditoire.
Dès qu'on ouvre la bouche, on est interrompu
Par mille voix en chœur criant : connu, connu.

Alexandre-le-Grand, le vainqueur de l'Asie,
Quand on l'a pratiqué pendant un siècle ou deux,
N'est pas plus amusant.... qu'un roi de Béotie.
Nous sommes tous non moins ennuyés qu'ennuyeux.
Quant aux femmes, hélas! que puis-je vous en dire?
Vous connaissez leurs goûts, leurs inclinations.
Est-il donc surprenant que, dans le sombre empire,
Ces anges aisément deviennent des démons?
S'il leur fallait déjà prendre pas mal de peine
Pour garder leur vertu pendant la vie humaine,
Comment pendant cent ans, mille ans, l'éternité....?
— Impossible, *de toute impossibilité.*
Aussi, quelle cohue et quel affreux tapage
Aux abords du Léthé! Sur cet étroit rivage,
Tous les maris sont là, criant, se bousculant;
L'un invoque son tour, et l'autre un cas pressant,
Chacun veut le premier savonner sa mémoire.
Mais à peine a-t-on bu qu'il faut retourner boire.
La consommation ne s'arrrête jamais.
Le mariage seul n'en fait pas tous les frais.
L'amour envoie aussi ses héros sur la plage;
Ils y viennent le soir, et le masque au visage.
Il faut avoir langui dans ce triste séjour
Pour savoir ce que vaut un éternel amour;
Et quand, sur le préau, la Belle Helène passe,
Ménélas et Pâris font la même grimace,
Et le gamin moqueur, de son fausset aigu,
Les poursuit tous les deux, criant : connu, connu.

Donc je m'ennuyais fort, quand le matin, Cerbère
(Plus d'un portier chez vous, certes, ne le vaut pas).

Touché de mon malheur, me permit sur la terre
De venir en secret fêter le Mardi-Gras.
J'arrivai dans Paris par le puits de Grenelle,
Je rencontrai d'abord une plaine assez belle.
C'est notre *Champ-de-Mars*, me dit un vieux guerrier.
— Le Champ de quoi ? — *de Mars*, d'où vient votre surprise ?
C'est ici que l'on fait d'un mobile un troupier.
On dirait que cela, Monsieur, vous scandalise.
— Nullement, mon ami ; mais alors le progrès.....
— Je ne vous comprends pas, dit le soldat, après...
— Rien, lui dis-je, au revoir. — Parole prophétique.
Dont il ne comprit pas du tout le sel attique.
Je remontai la Seine, et sur les parapets
Je lus, tout en flânant, quelques livres français.
Et je m'imaginai que mon art poétique
Pourrait avoir encor quelque actualité.
Je rencontrai plus loin un palais magnifique,
Qui, par votre Empereur, est l'hiver habité.
Je ne pus, j'en conviens, retenir un sourire :
Quoi ? criai-je, toujours l'Empereur et l'Empire !
N'a-t-on rien fait de neuf depuis que je suis mort ?

A cela, devinez qui répondit d'abord ?
Ce fut un coup de vent, dont le souffle impudique
D'une dame, en passant, souleva la tunique,
Et me fit voir, le long de sa jambe, un tissu
Bien blanc et bien tiré, de mon temps inconnu.
Cette dame (c'était une charmante blonde),
Montait en omnibus, et sur sa gorge ronde,
Je vis du même coup, à travers son peplum
Légèrement ouvert, comme un velarium

Intime, merveilleux de souplesse et de grâce;
Vite dans l'omnibus je courus prendre place.
— Madame, au nom des Dieux, laissez-moi voir de près
Ces modernes tissus, marque d'un vrai progrès.
— A bas les mains, monsieur, dit la dame surprise.
Comment, vous admirez mes bas et ma chemise !
Si ces objets pour vous sont une nouveauté,
Quel étrange pays avez-vous habité ?
— Madame, je vivais dans une ville immense,
Célèbre par son luxe et sa magnificence,
Et tout comme aujourd'hui, les femmes de mon temps,
Ruinaient leurs maris en vains ajustements.
Faut-il citer des noms ? Cléopâtre, je pense,
La reine Cléopâtre avait quelque élégance ;
Elle aimait la toilette et ne marchandait pas,
... Et pourtant n'eut jamais ni chemises ni bas.
— C'est trop fort, dit la dame, assez de balivernes.
Au surplus nous voici dans le faubourg des Ternes.
Vous conterez le reste en banquetant ce soir
Chez votre ami Rattier. Sans rancune et bonsoir.
— Et la dame, à ces mots, sautant de la voiture,
Disparut tout à coup dans une rue obscure.

Je vous laisse à juger de mon étonnement.
Par Hercule, me dis-je, allons tout simplement
Chez ce monsieur Rattier, puisqu'à dîner il donne,
Peut-être il voudra bien me recevoir. — Je sonne,
Et je vois se dresser devant mes yeux surpris
Un grand homme barbu, que tout d'abord je pris
Pour quelque roi barbare ou de Perse ou de Thrace.
Soyez le bienvenu, me dit-il, cher Horace.

Ainsi qu'avec le Ciel, vous me prouvez céans
Qu'il est avec l'Enfer des accommodements.
Je vous espérais peu, mais ce m'est une joie
Que l'avare Achéron daigne lâcher sa proie.
J'ai fait plus d'un pensum jadis en votre honneur,
Sans jamais devenir un écolier meilleur.
J'étais fort paresseux. J'aime mieux, à vrai dire,
Vous donner à dîner ce soir que vous traduire.
A Jupiter stator, je promets un jambon
Si mon petit dîner peut vous paraître bon.
Vous trouverez chez moi des dames très-bien mises,
Qui pour sûr ont des bas, peut-être des chemises ;
Des Gaulois éminents chacun dans leur état,
Et quelques vins.... mûris du temps du Consulat.

Voilà comment, ce soir, sur les bords de la Seine,
Je puis me croire encor à table chez Mécène.

ENTRÉE D'HORACE

AU DINER DU MARDI-GRAS

Esclaves, retournez au logis..... Ayez soin
D'éviter, en passant, le cabaret du coin;
Et lorsque vous verrez Apollon vers Ostie,
Précipiter son char.... allez quérir Lidie.
Point d'apprêt... je le hais. — Un galant négligé,
Un nœud, qu'un simple nœud, comme à Sparte arrangé,
Relève ses cheveux tout parfumés de mirrhe,
Surtout sa belle humeur, et son charmant sourire.
Je dîne chez Mécène, et voudrais au retour
Pouvoir lui raconter mes bons mots faits d'avance,
Et peut-être, qui sait !... de son premier amour
Retrouver la Vénus. — Mais comme la prudence
Veut que le sage à tout se tienne préparé,
...Si Lydie est absente, — amenez-moi Chloé.

ODE I

A MÉCÈNE

(Mæcenas atavis edite regibus)

Ilustre Mæcenas, toi qui de Robinson,
Te vantes à bon droit d'être le rejeton,
Tu le sais, — pour les uns, le bonheur de la vie
Est de briller au turf dans les champs d'Olympie ;
Pour d'autres de jouer du cornet à piston,
Et pour tous d'obtenir la décoration.

Mais moi, si Mœcenas, quand la truffe y domine,
Veut m'inviter alors à goûter sa cuisine ;
Me mener à Brestels, où le lièvre est sacré,
Le faisan déserteur, le lapin ignoré ;
S'il veut faire, à ses frais, mettre dans les gazettes,
Qu'Horace est, après tout, le plus grand des poëtes,
Je lui donne quittance, et mon front radieux
S'élévera si haut...... qu'il cognera les cieux.

ODE II

EN L'HONNEUR DE LICYMNIE

(Nobis lorga fenæ bella homantiæ)

Cesse de demander à ma muse légère,
Mécène, de chanter les horreurs de la guerre,
La superbe Numance et son destin fatal,
La mort suivant les pas du terrible Annibal,
Du sang carthaginois la Sicile rougie.

C'est à toi qu'il convient, à ton mâle génie,
De raconter Haussmann, ses énormes budjets,
Pour se faire écraser, ses carrefours bien faits,
Sous le plâtre et la chaux la ville ensevelie.

Ma muse veut chanter ta chère Licymnie,
Son regard pénétrant, et son pied fait au tour,
Et votre cœur uni par un si tendre amour.
Donnerais-tu, dis-moi, pour l'or de l'Arabie,
Les biens d'Achæmènes, les blés de la Phrygie,
Donnerais-tu, Mécène, un seul de ses cheveux,
Lorsque ta Licymnie arrête ses beaux yeux
Sur ton regard brûlant, ou lorsque son caprice
Te refuse, pour mieux exciter ton désir,
Le baiser.... qu'elle veut que ton amour ravisse,
Et que bientôt le sien osera te ravir,

ODE III

EN L'HONNEUR DE LA ROME DES CÉSARS

Rome, fière cité, quoique de toi l'on pense,
Tu gardas ta grandeur jusqu'en ta décadence.

Tu n'aimais que la guerre et ses nobles hasards,
Quand, enfin, triomphante et maîtresse du monde,
Tu n'eus plus qu'à languir dans une paix profonde,
Un sombre ennui te prit. — Tu créas les Césars.

Ainsi que dans l'arène on lâche une panthère,
Il te parut plaisant, ton sceptre dans la main,
De déchaîner un jour un Caïus, un Tibère,
Et de voir devant eux l'effroi du genre humain.

Tel était ton mépris pour ce vain diadème?
Que tu permis souvent aux élus du hasard
De monter sans ton ordre à ce faîte suprême.
Mais tu les tenais tous tremblants sous ton regard.

C'étaient des serviteurs qui portaient ta livrée,
Qui devaient chaque jour à ta plebs la curée,

Et s’ils se négligeaient, soit Tibère ou Néron,
Sous leur pourpre, — ils sentaient ta griffe de lion.

On les vit, dans l’espoir d’obtenir ton sourire,
Monter sur le théâtre avec des baladins,
Soupirer la romance et jouer de la lyre,
Et saluer bien bas, quand tu battais des mains.

Que t’importait d’ailleurs leur conduite insensée?
Ton rôle était fini. — Lasse enfin, épuisée,
Tu te sentais mourir, et c’était ton orgueil
De laisser après toi les nations en deuil.

Allez, Césars, pillez et l’Asie et l’Afrique,
Et dressez un bûcher où, la coupe à la main,
Rome expire, en voyant le monde, son butin,
Près d’elle consumé suivant l’usage antique.

Ce bûcher fut l’Empire; et les Césars tremblants
Durent l’alimenter pendant quatre cents ans;
L’humanité muette et par l’effroi pâlie,
Pendant quatre cents ans vit l’horrible incendie
Détruire, dévorer tout ce monde païen
Dont nous étions l’orgueil ainsi que le soutien.

Attiré par l’éclat de cette immense flamme
Le Barbare accourut, espérant, mais en vain,
Voir encore le colosse... — il avait rendu l’âme.
Mais, parmi ses débris, aux pieds du Palatin,
Il laissait pour témoins de sa grandeur passée,
Le peuple... *son Forum*, — César... *son Colisée*.

SOMMAIRE

DES NOMS ET DES CHOSES

CONTENUS DANS CET IN-8°

Caïus.
Néron.
Praxitèle.
Phrygillus.
Haussman.
Rattier.
Gérôme.
Nicolet.
Jalabert.
Lambert.
Mouliguon.
Vldal.

Cléopâtre.
La Belle Hélène.
Lidie.
Chloé.
Chloris.
Glycère.
Lycymnie.
Lalage.
Pirra.
Leuconoe.
Une modiste française.

EXEGI MONUMENTUM ÆRE PERENNIUS

21590   MENOU ET MAULDE.

OLIZKA,

BALLET-PANTOMIME EN DEUX ACTES,

DE M. BARTHOLOMIN,

PREMIER MAITRE DES BALLETS DU GRAND-THÉATRE
DE LYON,

Représenté pour la première fois à Barcelone en avril 1841, et à Lyon le 15 janvier 1845

SOUS LA DIRECTION DE M. FLEURY.

PRIX : **30** CENTIMES.

LYON,

PROSPER NOURTIER, LIBRAIRE,

Rue de la Préfecture, 6.

DÉCORS DE M. SAVETTE.

COSTUMES EXÉCUTÉS PAR M. BLOD, D'APRÈS LES DESSINS
DE M. BARTHOLOMIN.